仿佛是对一场大雪，宁静的怀念……

写给陈小姐

仿佛挽着一条透明的河流/此刻，呼吸变轻
雪原听风

逐浪听风

山山而已（代自序）

夏日雨水漫漶
大风，将河水推向
更远的天空

南方的山，在水田间走动
絮絮地探听——
草木葱茏的消息

山峦起伏，人在山间迤回
遥望，或翻跃
认领自己的孤峰与鸟鸣

每当黄昏交出落日
一座山便牵起另一座山
缓缓老去

忽然想起，我们也是山中
两片交叠的落叶
而已，而已

目录

CONTENTS

辑一　每朵花都是一个温柔的词语

辑二　瓷白的月亮照耀须臾的人间

辑三　房间里有一个湿漉漉的早晨

辑四　落日将黄昏拉得很长

辑五　同整座山林交换内心的寂静

辑一

每朵花都是一个温柔的词语

飞鸟从林间取字
在落叶上留下干净的句子
我知道，那是寄给晚霞的

写给陈小姐 II

陈小姐，你好啊
该如何表达呢
这3年，28000公里，16座城市
每当想起你
就像贴近一轮热烈的斜阳

沉默总是高于呼喊
想念的一刻总是无比艰难
仿佛深陷于黏稠的时间
我朝着指针迷失的空白
独自穿行

世界在我身后
不规则地延宕与变幻
回忆是件沉重的旧行李
总想从无数个纷乱的背影中
辨认一道光的存在

陈小姐，你知道吗

遗憾开始得猝不及防
爱与被爱也只是一道伪命题
可每当薄暮的光束
真实地投影在我脸上
便与枯旧的生活
形成新鲜的夹角

山中来信

如一封信札筛去多余的修辞
当我想写一朵云时
群山的纸页，被月光对折了一下

飞鸟从林间取字
在落叶上留下干净的句子
我知道，那是寄给晚霞的

每朵花都是一个温柔的词语
信中，是许多页虫鸣、界石、松塔
结成籽粒饱满的青春

当你读到信的结尾
山风已吹过绿波翻涌的旷野
现出河水在山谷间行走

（中国诗歌网2023年6月“每日好诗”“每日精选”，《诗刊》2023年18期，同期刊载于《浙江作家》《浙江诗人》《诗收获》《中国诗歌年度精选》等）

穿过整个雪原去爱你（组诗）

一、雪山云歌

在邛崃山脉
一千平方公里的苦寒之地
北风的缰绳
抽打着巉岩的马匹
峰腰上，跳跃着赤芍的火焰

沿途羌水奔涌
村寨攥紧大地的根须
一座高山就是一位尔玛阿哥
挑着一副雪水的担子

大风越过垭口
抚平雪线的勒痕
在我体内，一场漫天飞雪
正纷沓而至

二、夜宿丹巴

到达丹巴县已是深夜
夜市逐渐冷寂
店家拾掇困倦
月色如雪，牧民赶着
几匹牛羚缓缓经过
在道路尽头留下黑色蹄印

碉楼内并不御寒
藏族阿尕[1]将栽绒被褥掸净
用冻土般褶皱的大手
递来小碟沙棘果干
临出门，轻候一声“扎西德勒”[2]

三、暮山映雪

在四姑娘山山麓，雪花
朝着相反的方向，浩荡地开着
雪坡上，亮叶杜鹃、打破碗碗花
像觅食的岩雀，披着金色翎羽

我站在一株珙桐下，倾听
牦牛撞击邛崃山的声音
那是神的旨谕

落日倾向海子沟，徐缓地沉降
云层里藏着苍远的时间
此刻，神的手艺正在天空中造船
有着无可言说的美

天色渐暗，一片晦暗的云海
隔在我们之间
与生活保持缄默宏阔的距离
破碎又愈合

四、穿越雪原

三百万年冰川堆叠
刨蚀出一个隆珠措[3]

在白茫茫的尽头
日光跟着雪鸮练习飞翔
赐予渡姆峰永恒的神性
在雪原高耸成一枚大地的晷针

天空兀自深远，阿妣神山下
盘羊缓缓移动
驮运一小块一小块白
像迁徙在岩角的云朵

这个时节，北山荒无人迹
我知道我这鲜有勇气的孤旅
将穿过整个雪原去爱你
如果可以
就让大雪铺满我的一生

注：

[1]阿尕：藏区对兄长、哥哥的称呼。

[2]扎西德勒：藏族祝福语，意为吉祥如意。

[3]隆珠措：冰川纪泥砾冲击形成的堰塞湖。

西岭抒怀

群峰之上，一场大雪
在一首绝句中落了千年
跳跃，旋转，堆叠
重新落成一只白鹭
寻找穿越平野的江河

半生如雪水漂泊
茅屋只装下你枯槁的肉身
锦官城内，两声鹂鸣打开春天
茅檐潦草，梦里梦外都是马蹄声

你用陶然天真的秃笔
蘸着雪水，在蜀笺上
抒写苍茫之诗
窗外雪峰嶙峋似幞头
替你领受王朝的风雪

雪下着，仅有木窗微启
诗稿被风翻读着

犹如遥望一枚盛唐的山月
在命运渡口
你也曾千万次企盼
远行东吴的大船，宁静归航

吉金[1]千年

月光如水
纵目人[2]的小陶灯做着梦：
绘纹，塑鼎，搪蜡，熔铸，错金
聚沙成塔，合掌诵经
轻巧的蜀匠正勾勒最后一只
逡巡的神兽

长风走过三千六百年
暮云苍苍，铜身
早已由金黄转为锈绿
陶盉[3]藏身荒芜，都邑埋于夯土
神庙在历史的夹层中坍缩
大立人[4]华丽的裙裾上
曾挂满整个王朝的星云

玉琮、象牙层层堆叠
在成都平原，也许
只有时间才能遮盖住时间
恍惚间，太阳神鸟

飞向扶桑巨大的宁静
直至燃烧成
一小块孤独的残片

注：

[1]古以祭祀为吉礼，故称铜铸之祭器为“吉金”。

[2]纵目人：原型取自三星堆博物馆青铜纵目人。

[3]陶盉：温酒器，三星堆出土了大量酒器，当时农业生产已相当繁荣。

[4]大立人：原型取自三星堆博物馆青铜大立人。

我在江城种一枚故乡的月亮

到达时，落日正在为珞珈山加冕
鸽羽划过的樱树下
埋葬着年轻的不朽的爱情
细碎的风在耳旁低语
我微笑着倾听。但草木
不会询问我怅然若失的缘由

我想在积重难返的中年
写下彩色的诗句
让黑色的槐树开花

我也想在无眠的江滩
种一枚故乡的月亮
在胸口长出挠人的刺

万物各按其时

在镜岭，山风用松针
校准古老的时间

月亮种在水边
白云落回山上
暮色带走一溪青翠，留下了桥

村外半亩桃林，花瓣散落
落成山涧小径
目送村民从孩童走向暮年

原谅溪水的慢
哽在季节的喉咙
总让大地泪流满面

万物各按其时。栾树下
被风吹拂的草籽
也像件遗忘在春天的小事

玉林西路

风经过玉林西路的样子，百无聊赖
在民谣里悲伤的年轻人
和花一样拥挤

龙舌兰和莫吉托各取所需
眼角被音乐催生的暖流
依然如川西江水般奔涌不息

而我如人潮中漂泊的岛屿
在孤独中演绎着自己的前奏

我在江南的小巷撞见月色

风从羽林巷吹来
青和黛　都在细雨中拔节
若是喜欢
就做岸边的一株桃树

桨声欸乃，用一支摇橹
将一座小镇托起
那便是在胎釉上生长的江南
——青山做瓷骨的江南

石埠边的船只在水市间来往
少年挑着成垄的薄荷行在前头
姆妈向夕阳招了招手
守望北飞的堂燕

今晚，我在微光中撞见的月色
是结在胸口边温热的倒刺

秋风，是茅屋未解的绝句

子美，你能看到吗
浣花溪畔的草堂已经重新修葺
破歌的秋风再也吹不走你心头的茅草

子美，你能听到吗
锦官城外已是江风入云，黄鹂翠鸣
狸奴还安睡在盛唐的灯火中

我想为你续上那杯潦倒的浊酒
在江南的好风景里白日放歌
这首歌叫作青春，叫作昂扬肆意
叫作苦难，也叫作怜悯

770年的隆冬格外寒冷
湘江的万里船上，我想告诉你
一个盛世的祖国，比梦想还辽阔
再也没有三吏三别的哀吟

子美，你老病的肉身

在萧萧的落木边随长江流去
瑰丽的文字开合于诗歌的绝顶处
一遍遍焕然重生

在大雁塔下行走

列车经过关中平原
我不住探头向窗外张望
八百里秦川　顶着汉唐的积雪

大雁塔的钟声响起
骢马嘶鸣——
在夕阳下扬起红鬃
仿佛，每一阵拂槛的春风
都有着横槊而歌的勇毅

摩诘的琴音，落在长安的夜色
未央宫并不孤单
她只是厌倦了繁华

渭水环抱潼关
蹚过历史遗忘的沟壑
今夜，行走在大雁塔的月空下
我只愿做一条
时光深流的小溪

（2023年10月《诗选刊》“中国作家网诗选”）

喔——佳支依达

白云停驻的河谷，唤作佳支依达

木格措雪域清澈的诗句里
彝族阿妹立在峨水南岸

群山入眠，夜空中
紫薇星、白矮星碰在一起
那么多星星挂在忍冬树上

珙桐扬青的季节，牛羚奔徙
用落叶探听草木生长的消息

一想到“美好”这个词
身体中枯萎的部分
又重新结出干净的花朵

在辽阔又瞬息的荒原
开了一茬又一茬……

裁山

我想在阿坝州的彩林深处
裁一座秋雪掩映的四姑娘山
白云行空
散开街道麇集的喧嚣

在赛里木湖畔裁一个惺忪的黄昏
卓玛的茶炊裹着松脂气息
看着牛羚徐徐走过
川流的车辆如水般沉淀

裁一整片盛装出席的风
贴上贡嘎山的晚霞
那儿，有落日干净又新鲜的邮戳

我还想裁一座烟雨绵绵的会稽山
熨一壶古城温暖的黄酒
盛在梦中水乡
晃晃悠悠的小船上

她是虹

科尔沁草原的苍茫，兜住风
兜住夜色中的半篓星光
听草原的老人讲，在河谷的尽头
住着虹，她用冰草和雀麦做成衣裳
她将格桑花别在胸前，每当微光
恰逢其时地在绿荫间拂动
每当飞鸟掠过湖水全部的思念
就会出现虹。她是虹，与光同尘
她是虹，在赛里木湖，在南迦巴瓦峰
她是虹，在倏忽之间，菘蓝长成丛林
——我寻了半生的虹，我合上书本
我的城市下雨了……

江南的雪落在青城山下

一场雪在酝酿，就有另一场雪开始苍老
日光之下，一只云雀掠过弯曲的人间

山尖羽化出一片湖泊，满头初雪
独自豢养天空下鹿群的草原

衰草中新生的村庄，家家都养花
把悠远的时间拴在丹梯上簌簌作响

岷江边浆染的姑娘倾斜着眺望
生怕掏井收荒的少年不能按期归来

孔雀河异想曲

太阳栖身的戈壁，群山
捧出孔雀河硕大的落日

候鸟北飞，马放南山
天空收容每一片孤单的云团

苜蓿肆意地朝夜空生长
只有蟒象倾听河水湍急的悲欣

远处一棵沙棘树，默立在
巴音郭楞草原辽阔的夏天

头顶一轮圆月守在人间
犹如牧羊人守在风的故乡

草色坚硬，撑开四季交叠的豁口
好让流水日夜淘洗命运的沙砾

我内心的歌谣认出了故乡

单车骑过江滩，我朝天空挥了挥手
江水流动，擦拭着整座城市的喧嚣

一列开往江南的火车，载满
汉口晚归的云霞，独自在大地上写诗

光线将影子投在我身上，像一栋
民国的旧建筑，遗落在夏弦街的黄昏

每次出门前，母亲都告诉我
凡是能看到水的地方
都养着一枚故乡的月亮

我想轻触这条有温度的江河
看樱花簌簌，落满珞珈山的北坡

哦——
是我内心的歌谣，在江水中认出了故乡……

雪山云歌

在大雪塘的垭口，彝族小哥兀自走在前头
挑着薪柴、莎草与暮色，掌纹间
结出冻土般褶皱的茧，用力攥住生存的高度

雪花朝着相反的方向，浩荡地开着
雪坡上，灌丛、绒蒿像觅食的岩雀
披着黄昏金色的翎羽

我站在一株珙桐下，倾听——
牛羚撞击邛崃山的声音，那是神的旨谕

落日倾向深邃，徐缓地沉降
云层里藏着苍远的时间
此刻，神的手艺正在天空中造船
有着无可言说的美

天色渐暗，一片晦暗的云海隔在我们之间
与生活保持缄默宏阔的距离，破碎又愈合

东湖黄昏

东湖，向晚
我们正赶往落日下的凌波门

堤岸洗去尘土，用湖水
照见自己琥珀色的轮廓

远山缓缓流淌，倾斜的是晚风
穿过樯帆，在我脸上投映着安慰

直到月光爬上双肩
鸟鸣在空中脱落
人群才将星星逐颗晾在水面

湖水流动，我开始懂得
每　朵凋谢的浪花
是为了回应消逝的另一朵

我开始相信，每一朵浪花奔涌

都曾有大海的梦境
在黑色玄武岩上，烙下过滚烫的印记

隔着薄暮，我也只是其中遗憾的一朵

雾水抱起这座城市

初冬无以名状。雾气中
啾鸣、汽笛、街井嘈杂交叠在一起
兴许我早已熟悉
又柔暖又轻软的川音

“晓看红湿处，花重锦官城”
莲花道、花照壁、花牌坊、芳草街
蓉城人该有多爱美
才会以花之名，起笔一个个馨甜的晨昏

雾霭笼罩茶铺，茶水浓酽
回神时，雾气已飘过窄窄的光阴
我藏起深爱于沉阔的时间
如雾水般绵延起伏

雁栖湖早春

像追逐一缕高于雪线的曙光
群山正拖着湖水向东迁徙

草木之上，严寒逐渐从大地抽离
冰层分割着山麓与水域虚无的界限

白云贴合湖面飞行
如一张瓷盘接住潮湿的人间

此刻，微风吹散凝滞的寂静
斑头雁从很远的地方归来

在天空空白的包围中
我独自走入一湖春水开阔的语境

纳木错的黄昏

黄昏，雨滴读着芸薹的叶子
我读着湖面的平静
流水与鸬鹚开始向南迁徙
经过藕芽色的土地
每一株野梨都在斜斜的细雨中
翕动白色的翎羽
此刻，村庄正酝酿一场春耕
人们还在讨论那场广阔的雪
暮霭升起，我和车前子一样
怀揣虫鸣，一头扎进春风的序列

湘江日落

黄昏时分，赶到岳麓山下
我惊叹于暮光倾斜
昏黄紧挨日落，草叶铺陈寂静

暮色隐隐，和星城的灯火一起
成为湘水的一部分
又和影影绰绰的远山一起
成为苍茫诗句的一部分

江水流动，抬高了楚地的辽阔
每个湖南伢子，都是
一粒滚烫的汉字
写下湘水延宕，生生不息

轮渡远去的鸣笛
呼应穹顶稀淡的星光
拖着一条大江前行
驮着一船落日归来……

印象重庆

山是渝城陡峻的意象
每座山都坐在江边
讲述古老的清澈的故事

嘈杂拥挤的白象居
像对书名号
错落在光影交织的嘉陵江
剥离出一条簇新的大河

南山、灯火和我
全都悬浮在云雾的语境
街巷起伏得几近魔幻
将夜色晃动成一杯浓稠的甜酒

江船往来
载着水中的半个月亮
月光缓缓流淌，正细细翻读
一封长长的书信

故事总有完结的时刻
每个人，都在赶往
未知的前程
抒写既定的尾声

白鹿上书院[1]

驶过狭窄的山路
天黑前抵达白鹿镇

一座书院藏在深林尽处
空旷、苍凉
躲避流年的慌乱

四周阒静，向晚的细雨
滴落在石阶、墙垣、矮屋

许多事物消失了
许多则演化成
山的样子，树的形状

我们路过书院，被一朵
挂雨的小鹅花吸引

于低微处缓慢生长

容不下一丝灰尘的颜色

注：

[1]白鹿上书院：即领报修院，又称为上书院，位于中国四川省彭州市白鹿镇回水村，是一处法式天主教教堂建筑，始建于清光绪二十一年（1895年）。

长安辞

雨水拍打着鼓楼的重檐
在歇山顶斑驳成河

雨丝从明朝的灰瓦间
缓缓落下
似一城牡丹对大唐的思念

秦岭之上，巉岩化身雪豹
巡视陇南大地的岑寂

唯有雪水瓷白
依旧温润着
锁在时间深处的青釉灌壶

城外古道边，拔节的木芍药
望不到尽头

摘下一朵
绾成仕女眉宇间

一枚胭脂色的花钿

捻灯伏案的诗人，抬首
将盛唐的背影
吟成一片皎洁的月光

照过那扇未眠的木窗
照彻历史苍色下的城墙
照亮关中平原永不弯曲的脊梁

西岭云歌

一座松岗直波的碉楼
守着一条
永不停歇的羌水

日光跟着鹰隼练习飞翔
赐予雪山永恒的神性
高耸成一枚大地的晷针

彼时，熹光和草影
染红了天空
点燃雪线之上喷薄的黎明

山脚微风过处，羊羚缓缓移动
驮运着一小块一小块白
像迁徙在岩间的云朵

雪水暗涨，触醒每一座山梁
挂果的石房
如花般盛开在秋日的草场

辑二

瓷白的月亮照耀须臾的人间

从生长的山村到群山的额头
我提着一条小溪走了一整天

鼓山暮色

我的小屋是微风下的草木
略低于天空中自由的鸟鸣

枝丫衔着晚风，一朵积雨云
追着红蜻蜓满山谷地跑

偌大的夏天挂在小池塘的荷尖
刚好，是我喜欢的样子

夜色中，那么多紫花苜蓿
挤在一起，等待星空盛开的消息

从生长的山村到群山的额头
我提着一条小溪走了一整天

（《诗刊》2022年3月，中国诗歌网2021年10月“每日好诗”）

门溪江秋色

阳光照彻门溪江
清泠泠的江水
依旧流淌着童年的雨声

水边，刺槐花一丘一丘的白
稻禾一天一天垂向大地
过了白露
村民便将秋色摊在晒谷坪上

江两岸的村庄
被水波反复磨洗、擦拭
直到瓦片也缓缓长出
流水的细鳞

夕光中，群山牵着江水
江水带着黄昏走了很远，很远
直到枝丫上，挂起一枚
瓷白的月亮，照耀须臾的人间

不然呢

不然呢
风过林梢，街道悠长
这样下沉的黄昏
我也曾无数次抬头
捕捉一道短暂的闪电……

突然羡慕起萤火虫
盗走人间的孤单
一辈子都在夜空中画星星
来慰藉记忆未眠的黑暗

遇见沃洲湖

如果你也刚好抵达，请别说话
烟白的屋宇还未入眠
黄昏正一下一下坠进湖心

微光中泛起的波纹
揉碎在大湖柔软的胸腔
向夜空吐出一颗一颗星粒

如果你也刚好抵达，请别说话
此刻，湖水宁谧得像盏琉璃
盛放着草木错会的青春

穹顶奔跑着闪电，那闪电
刚好击中山花的热烈
一陇一陇驱赶生命的沉疴

晚风吹彻葳蕤的草叶
只有我和山林静静站立
过去与未来，在空阔处各自乘流

入冬札记

忽而深秋
整座城市开始有了
渐进的寒意

我缓缓抬首
隔着玻璃与雨渍
望向窗外的暮色
——小块方格的
沉郁，和重

风吹过，几片杏叶坠向黄昏
从秩序飘向凌乱
成为人群中破碎的小径

仿佛是对一场大雪
宁静的怀念
天空依然高远
陈旧的时间
比想象中更加柔软

海的童话

大海出生在孤单的季节
她擎一片海水
变幻出鱼群、珊瑚、海星……

海风把一朵朵盛开的浪花
还给大海，她便和夜空
交换清净的月光

大海轻轻呼一口气
在身上呵出一道虹
喧闹的人群蜂拥而至

昏黄的渔火在荒草间闪烁
臃肿的岸边浮着泡沫、沉船
大海在战栗、呻吟、老去……

一座岛和另一座岛不说话
我猜到了，大海夜不能寐的缘由

（2023年1月《诗选刊》“中国作家网诗歌精选”）

我藏不住爱你的喜悦

湖水暗涨
黄昏悠长得像一首旧歌

我们擦亮手中的烟火
以赞颂夜的名义
彼时，月亮干净得
像一枚杏黄的邮戳

炊烟飘向简单的方向
藏在林梢的麻雀
代替我们说话
此刻，“啁啾”是一个安静的词

健忘的苦楝

美到绚烂，是凋敝
爱到极致，是忘记
——题记

有些树，只在春末抽芽
在夏日苍老
花期如暴雨般短暂
淡紫色的花穗
凋敝，散落水面
漂浮成河水的梦境

有些人，适合在晴天想起
见字如面。又像少年端坐水边
那簇淡紫色的花穗
如涟漪般漫开在青春的河面
树下，恋人正为彼此戴上花戒
我也曾是那株健忘的苦楝

大雨街头

忽然下起雨来
行人纷纷加快了脚步
我却莫名想丢开伞
一头扎进雨幕。合着
雨水的节拍，用僵直的双腿
练习轻逸的舞步

就让雨水滂沱
在早已枯干的眼眶中
交汇成一条清冽的河流
漫过周遭
高楼嶙峋的堤岸

也许，只有在大雨中
我才敢让泪水
无声流淌，淹没两颊的沟壑
才敢让这
借来的短暂的一生
如河水般肆意奔涌

你用金黄酿出生命的明艳

你有一个很动听的名字——叫作母亲

发髻上的稻花
总是先于夏天开放

你以明艳的色彩为酬
向人间借着短暂的朝暮

蜕尽一身晴空色的花袍
酝酿安静的籽实

在薄荷色的雨水中
低低地盛开着清澈的勇气

你总是微笑着，劳作着
直到河水把一整片稻田捧起

母亲，你倾身修葺生活的样子
像极了一束弯曲的稻穗

（中国诗歌网“每日精选”，《绍兴日报》2024年“母亲节专题”）

白纱裙

街灯亮起，我刻意将脚步放慢
让夏风一毫米一毫米吹过

低头行走的影子
消失在陌生的人海中

暮色合围，文字开始褪去外壳
在松枝上潦草地攀爬

甚至乌云的轮廓
也被银杏与梧桐临摹，上色

巷口远去的白色纱裙
像月光的一次交叠
曾照亮我心底的青苔

一边长成挠人的孢子
一边在柔软的心房延绵

但愿

但愿——
我是你的秋意
在落日如橘的长路上
一起赶往
卖花的市集

风吹堂檐，日子流动
那些空的时辰，小的普通
藏在生活的窸窣里
包起来
叫作幸福

但愿——
我们能站在熙和的秋风
互致问候
连同我们之间流淌的海洋
以及一座秋山的虫鸣

在未曾见面的时间里
唧唧作响

夜的颜色

我关掉月光，观察夜的颜色

车流如潮水浮动，将写字楼
围成一座深灰色的孤岛
零星漂泊着几盏旧灯

孤单，是夜最新鲜的颜色
人群隐匿在热闹中
乐此不疲

酒杯中有晃荡的红海
连同舞池中悬空的偶像
在午夜轰然碎裂

破晓前的城市
更寂静了
只有环卫工在鸦青色的马路上
清扫丢弃的百无聊赖

道路延伸
通往另一个斑斓的豁口
虚情的陌生人
陆续在各自的站牌下车

云松小调

从今天起
弹琴给小鸟听
每天清晨早些起床
看秋叶怎么黄
山气如何弥漫

茼蒿只在白天舒展
在夜晚酣眠
当蚂蚁奔跑时
大地是属于它们的

村民用新鲜的露水做饭
将秋日的阳光
均匀地擀进面汤

夜色空旷，村庄被小溪抱紧
青山是一条大鱼
独自游向远方的河水

万籁俱寂的时辰
我在屋内煮着新词
稿纸上多些留白
以便和山风一唱一和
成为彼此的诗句

印象天姥

天上有二十八个星宿
地上只有一座天姥山

每一垄山岭
都挑着一枚淡苦的月亮
都俯瞰人间的灯火阑珊

秋意潺湲的季候
满山的红叶被月光点燃

山脚，村庄向下生根
炊烟向上飘浮
白云蛰伏在水中
让流水也有了飞翔的姿态

山路蜿蜒，像母亲
伸出温暖的手臂
从此，我见到的每座山都是天姥

八十八枚苦月亮

孩子，孩子……大雪山上冷
你不要睡着了
再坚持，坚持
官兵用肩膀拉起回乡的绳桥
瓦屋低垂，母亲还在家熬饭

孩子，孩子……睡吧
雪柴垛是温暖的床铺
松茸微微顶起瘦小的躯体
原野新绿，母亲站在风口
一垄一垄，把晨曦收割成摇晃的月光

今夜，邛崃山脉升起八十八枚苦月亮
照耀七镇五乡一百四十五个村落

（截至2022年9月12日，泸定6.8级地震已造成88人遇难）

过盐帮十八渡[1]

湿重的季节，湖水暗涨
将芜杂的人间又清洗了一遍

风吹过，大地长出茂盛的失眠
芦根也在冷厉中结出苦辛

群山延伸向空阔的夜色
高峰与谷底都有了坚硬的骨骼

十八座矴步桥与村庄缀连
挑夫们用月光包裹盐粒

不敢惊扰乱石边的苦荞
阿妞与嬷妈正在屋内酣眠

远处一盏微黄的灯火
柔软地照亮归家的小路……

注：

[1]盐帮十八渡：绍兴市新昌县一座矴步桥，旧时村民过此古道运盐以谋生。

（中国诗歌网“每日精选”，入围“每日好诗”）

风吹东茗（组诗）

一

我见过在苍茫间奔跑的群山
无垠的绿潮，日夜不息

大风将溪水吹到高处，悬于层云间
乡民们拂一拂身上的稻根
从水中舀起清澈的生活

岩壁像一管古老的乐器
在翻卷的山风中
隐隐震颤，替人间擂响欢欣

采摘绒蒿的阿姑将花束举过头顶
外婆也从山林归来
衣襟上还挂着鸟鸣和覆盆子

暮色空旷，一座村庄被无数条炊烟
静静地环抱……

二

是唐诗之路上的邂逅
在落日低垂时
赠我以东茗的云霞与山月

是四万八千丈的天台
在烟霞茫茫里
带我拥入剡溪的渌水荡漾

山崖间曾放逐过一匹刘长卿的瘦马
桐花如雪，落笔处
风化出一只只白蝴蝶

我在下贝岩吹着风
看绯色的云朵在山坡上排着队
风悄悄地吹，时光轻轻地哼……

水边浅滩上的石子
从梦中醒来阅读星辰
在青山的广袤与缄默中
曾一字一句
教我如何温情脉脉地在大地上写诗

一溪云朵

溪水暗涨，托起一棵
年代久远的栾树

山谷间芦根挤挤挨挨
生出新鲜的原野

雾霭很轻，模仿云朵飞行
白色的线毛使大地柔软

日落时分，云散落在水面
拉长了天空的倒影

我们只是宁静地坐着
水中便多了两朵云的漂浮

时光倏然而下

唯有春风
能够拧开江南的雨季
也只有在西塞山
风才是透明的溪流

鳜鱼抢食水草
云雀住在山上
日子坐在古旧的门前

乌云翻滚，下落
树枝低垂，妙西村的老人
背着一箩筐暮色穿过棘丛

烟雾缭绕，倏尔消散
天空愈洗愈新
雨水把一整片稻田缓缓捧起

母亲发髻上的桃花
先于春天开放
倾身修葺生活的样子
像极了一束弯曲的稻穗

雪蝴蝶

天空无尽高远
风，白茫茫一片

雪消融时
静寂如群山凛冽
余下的每一眼
都像在告别——

先于春天
先于怀念
略远于
松枝到刺槐的距离

暮光中，积雪簇拥而来
我独自在旷野潜行
沿途收藏
一只迷路的雪蝴蝶

生活的容器

一只土陶罐，装着南方的溪水
柴垛上燃起微火
慢煮出一个悠长的午后

罐内的野山菊，在阳光下翻卷
热气扬起的尘埃
隔着茶与火，模仿飞翔

将生活的繁冗与琐细
拈成叶芽，一并掷进容器
加深有温度的纹理

此刻，疏朗的日光
正小心擦拭肉身这盏器皿
在罐底，我听见光阴拔节的声音

每个人都被世界等待着

天色渐暗
夕光弥合着大地的裂缝
从泥土中取出花朵
微小而独立的存在
慰藉每一个悲伤的孩子

梧桐叶落下，有着沉静之美
秋风拾起它的影子
把灵魂吹向更高处
高过呼吸的疲倦
高过楼宇密布的天空

起风时，只有桐叶簌簌响动
老店铺的微光依旧亮着
售卖姜黄色便笺：
爱是不可触碰，易于破碎
生活却在等待中完整

晒秋

风吹过多雨的季节
被雨水洗亮的日子
晾在秋色深处

落日从远山之间弹出
更低一些的湖水
朝着自由的方向延伸

成片的地肤草
挤在一起
像绿色的羊群在湖边饮水

秋风把羊群赶下山坡
亦如时光
招摇地路过青春的林场

胖胖的月亮

擦拭过夜空的玻璃
我想养一枚
胖胖的月亮

纱窗漏出的微光
连接天空
这面巨大的湖水

星光粼粼，掺杂着
月光的水声，以及一艘
缓缓驶过童年的小船

秋天的原野

选一个初秋的傍晚吧
盛夏太轻佻

你看，小河涨水
唤醒沉睡的远山

黄昏高出屋檐
离开大地的沉重

云雀抖了抖翎羽
——叫了一整天

它每次轻巧地跳跃
都像是大地在练习飞翔

尖叫的月光

鼓噪的夜晚终于平复下来
灯白，云疏
城市躲进黑暗的窟窿
变成一堆孤独的词根

月光倏然一声尖叫——
牌坊醒了，青石路醒了
紧接着
书吧的云朵、杯底的时间
也醒了。公馆内
夜风吹着草书，飞翔在薛涛笺上

楼宇岑寂，在麇集的欲望
与自由生长的夜色中，孤单睡去

失眠的月亮先生

从落叶到鸥鸣是一阵微风
唯有黄昏，缓缓下沉

直到月亮先生
从古老的风箱里
掏出新鲜的夜

晚星是天空的文字
字迹秀美，孤零零写信的
是月亮先生

乌云低垂，海滩边
白沙如雪
月亮先生独自抚慰着
每一粒失眠的沙子

辑三

房间里有一个湿漉漉的早晨

听草原的老人讲，在河谷的尽头
住着虹，她用冰草和雀麦做成衣裳
她将格桑花别在胸前

房间里有一个湿漉漉的早晨

落大雨时，我会摘下
一朵落单的积雨云

好让接下来
每个湿漉漉的早晨
都在墙角开出雨花

雨水轻触我的额头
覆上流淌的水纹
落在词语里
成为潮湿的情节

雨不停下着，窗外
顶着雨幕的行人
仿佛雨水细密的针脚
安静地在时光中走动

微尘

该把生活的不安藏哪里
在这安于狭窄的城市

一个人从深夜醒来
会想念一匹笃信自由的马

白月，收留窗外打盹的黑猫
街道被路灯温和地治愈

热闹告退，孤独嗞嗞有声
失重的灵魂仍在迂回游走

当理想是理想高尚的修辞
遗憾便是遗憾沉默的开始

不要轻易走进空阔的夜色
光和色彩瞬息变化，消逝

而你我本如微尘
仅在坚硬的人间拂过

所以遗憾是什么

不遗憾吗
考试时选错的答题
大雨时错过的班车
年少时无力挽回的恋人
舍不得分离
却微笑着道别的挚友

可那又怎样呢
遗憾，终将在伤口处
结出新鲜的荼蘼花
坚忍得让人心疼

所以遗憾是什么
每个人，都是一种答案
去成为一束霞光吧
仅照亮自己，也可以

起风的院子

雨水渐疏的时序
细小的日子
在一棵山梨树上缓慢落款

那悬挂在院墙上的溪水
也在某个季节流转的
薄暮中，叮咚作响

昼夜在这方小院交合
落叶青黄
预示着秋的轻，冬的寒

蒲公英更像一位宁静的舞者
大地就在她身后旋转
倏然间，坠入陌生喧嚣的人潮

北风先生

寂静之上
北风先生坐在枯草堆叠的牧场
冬天伊始，他便开始飞翔

飞过每一轮开阔的黄昏
如白云悬于天空
有一种挽着向上的轻

幻想穿越春花漫步的旷野
将自己放逐在一场春风的柔和

当荒寒灌满整个躯体
骨骼簌簌作响
在虔诚地交出灵魂之前

一生只为大地开垦沟壑
赋予种子破土而出的信仰

雨是奔跑的大海

没有一滴海水
能接受庸常的平静

雨是奔跑着的大海，停下的那刻
即宣告死亡

死亡，化作无数条紧抓大地的江河
奔涌着、咆哮着、翻卷着、抵达着

江水沸腾，支流碰撞的刹那
让大海真正成为大海

盔甲

有时，生活更像是
一场未竟的战役

穿过拥挤的窄门
便是喧嚣的战场
每个人都身陷其中

车流麇集的街道上
落日消隐
欲望仍在滚动

人们似乎早已习惯
用瓷质的盔甲
包裹犹疑不定的内心

以笔为刀
挥向暮光中
迟缓、潦草、伶仃的剪影

恍惚间，一匹白马
从腰身脱缰而出
奔向夜空巨大的宁静

身后微倾的城市
被月光平和地托起

困兽·蝴蝶

夜不属于草原的国王
你只在冰冷的铁栅栏前
来回逡巡
凝视狭窄的疆土

暗淡的毛发
像无数孤独拥挤在一起
也许只有黑暗
兽笼才显得无比空旷

寂静中，一只白蝴蝶
款款飞来，停在鼻尖
转瞬又朝夜空飞去
仿佛那也是片无垠的草场

路过拥挤的时间

一条街道陷在拥挤的时间
行人拖着冗长的疲惫
车灯裹挟热气，在密林中流淌
像失去潮汐的海平面
朝着一个方向机械涌动

落日温黄的光线愈合着
白昼与黑夜的裂缝
失重的湖水，独自接纳
整座城市的局促与喧嚣
生活的词根被碎屑的字节重复拆解

我常常莫名留驻，立在川流不息的盛年
也许是因为路旁
静默盛开的矢车菊，也许是
晚风中的偶遇，白云下的蒹葭……

雨花

每到单调的雨季
我常常望着雨线出神

失重的雨点，落在南方的草坪
落在易碎的泥淖
也落在陌生人坚韧的脊背
融进粗粝的掌纹，悄然生花

像一阵尖厉的叹息
凝结在生活贫瘠的土壤上
这无声的雨花
固执地穿越冷冽的黑

整个城市，瞬息
汇聚成一座雨的花园
在无数个挣扎不屈的夜晚
次第绽开雨花——

每一朵雨花，都是一道踮起脚尖
向上娉婷的花序

山花，如雨水般漫延

晨起的冰花，微光中行走的炊烟
从喧嚣中归来的，是清澈的乡音

老屋后，一株新长的楝树
从我的童年破土而出
在酡红的夜色中轻微晃动

由故乡潜入我身体的
是丹家的春雪、桐岭的鹅掌楸
山花，似雨水般漫延

村民以山风作刻刀
在青坡上播种，舀溪水扎染
重新勾勒村庄的馥郁

陈旧的木窗，枯枝、铁锈
在蓝尾鹊青翠的叫声中逐一抖落
无数朵三色堇，正从春天赶来

时间的重量

乌云散了，夜空递出月光
人群散了，街角递出细碎的声响

沉默的人习惯朝前走
忘却多于执拗
多于时间
愈益加深的重量

遗憾总是太轻，凋零时
枯叶般簌簌下坠
堆叠成一座遗址
收留暮色中
被风吹远的黄昏

余生有时太重
委身草木间
坐成一棵春天的栾树
岑寂中，一遍遍
抽芽，开花，老去……

干涸的海

夏日漫漶，我在黄昏写诗
边写，边消失……

天空投下橘色的寂静
赶海的渔民正勒紧纤绳
在失重的海平面收起生活的网

潮水退去，停止记忆的岛屿
成了海面裸露的伤口
青蓝的海水也将从我身体里
翻涌，蒸离，干涸——

是否真的有一片海，足够装下
倒悬的白云、掉色的长椅
和落荒而逃的流年

如果有，请大海告诉我
一个人该如何成为另一个人的恒星

等待如一座孤山寂静

七月留在原地
茎叶在日子的交换中伸展
我向所有亲友暂别
唯独不再等待一颗松子
安静地落下……

我想写下动荡的黄昏、倾斜的暮光
繁星下的草甸
漫山摇晃的乌桕树
唯独不再倾听一条河流
彻夜无眠的低诉

等待，是一座寂静的孤山
我一个人播种寒来暑往

二手时间

——兼致钱赟

有时候，回忆像张旧照片
时针一直醒着
停在最初邂逅的方向

远处暗下去的灯火
让不停转换的场景
在时间中缓缓完成告别

沉默有时也是一种惯性
顺着分针、秒针，将暮色
嘀嗒嘀嗒传递给空旷

人潮拥挤
孤独更像一座飘浮的岛屿
加重落日的叹息

夜晚常常如潮涌般
抵达我，吞没我
引我沉入深邃的海底

我想独自收藏一颗恒星

万物寂然，唯有草坪上
晃动的矢车菊
云雀羽尖抖落的雨点
在某个低沉的瞬间
回应着古老的天空

犹如信仰一颗年代久远的恒星
在荒寒的夜空中
点亮一盏萤火
足以照彻整片檐顶，也让我的额头
可以缓缓靠近银河

像收藏一枚童年的信章
我想独自收藏一颗离群的恒星

（中国诗歌网“每日精选”）

城市，在机械的时间中转动

落日巨大的发条
在黄昏拧紧
散发金属的光泽

车流紧挨环岛
仿佛，表冠转动
逐分逐秒机械地转动

城市鲜有变幻
街衢和天桥
依旧承载着朝来夕往的影子

人们似乎已经习惯
将机械的暮色
整齐地摆放在门外

解开铆钉般嵌在
胸口的衬扣
像一块刚拆下齿轮的钟表

在磨损倾斜的表盘
让时间
渐渐有了谦卑的样子

风居住的小镇

风在树上筑巢
整座小镇
都是桂花的味道
清甜的醪糟淬着香气

风住下来
流水缓慢
儿时的芦哨
唤醒长满蒿草的石堤

风吹过，万物喁喁有声
几声虫鸣
代替了一座山的谦逊
代替了大地沉静的鼾声

风是有翅膀的，收拢乌云
种下六朵阳光[1]
开在白鹭成群的水田
也开在临街的老店

风铃拈起天空的一角
姆妈正在谷坪上
晾着清晨
晒着黄昏

注：

[1]六朵阳光：作者遇见小镇上六位热爱诗歌的孩子，他们阅读诗歌时，纯真的微笑就像是盛开在大地上的六朵阳光。

天空下

在秋风的叙述中，车前草
是一行葳蕤的诗句
落日、草籽、鸟鸣都是风的隐喻
以及一枚鲜红的柿子
渲染夏末那场告别

更远处，狗尾草摇晃着
代替大地对天空颀长的思念
庞大，安静——
云上没有泥泞的风景
天空下也没有多余的人间

如在画中，如在心底

大地铺展，像一块银白的画布
成片成片雪莲盛开
打翻落日的颜料

群山低处，是神祇在雪原作画
画下雪水、油松、绒藜
画一条河流，徙经天空的宁静
画一整片荒野，记录冰草生长的缓慢

风继续吹着远方
想起多年前的约定，一场更大的雪
正落在我们之间……

黑豹

像突然消逝的闪电
一团黑影从麦草垛掠过
冷厉的眼神
是对生与死的蔑视

弦月无声
胡杨竖起寂静的耳朵
黑夜落在躯体上，血腥的利爪
曾撕烂过它的半张脸

夜风点燃磷火，舔舐
裸露的肋骨，肩胛的曲线
它和落日一起，在黑暗中深藏
呼吸低促，豹须如雪

多年后，它把那只猛兽嚼碎
成为身体的一部分
脸上恐怖的疤痕
成为草原新王的勋章

（在中国作家网发表的第100首诗歌作品）

鼓山西路128号

这样寂静的午后
时间在音乐盒里缓缓流淌

偶尔有风吹过黄昏
我们一起将豆子、薄荷、冰草
研磨萃取
让苦和苦在皿中碰撞，翻卷

像是细碎的中年
在杯中晃动，慢慢冲淡
生活的焦灼与忧伤

屋内的宁静与喜悦
来自泥沙俱下的喧嚣后
仍会有感动，泪盈于眶

我们正讨论
地图上一座无名的山丘
以及一朵云

对天空深深的偏爱

此刻，奶花浮在杯底
像一团雪睡着了……

遗憾帖

雨水蓄满阴翳的天空
一朵积雨云从远方归来
乌云爱我

在低矮的山丘栽几行芸豆
顶着暮色慢慢回家
大地爱我

月亮高过童年的河谷
夏天种下星星，长出蛙鸣
故乡爱我

车轮轧过米轨，退回的信笺
从邮筒再次寄出
——我不爱你

琴声似海

像一束花缓慢地枯萎
街灯将拥挤的夜色
徐徐拉长——
直到月光下
升起一座城市的海岬

琴声在空阔的房间里流动
此刻，那么多音节
涌荡在琴面
漂浮在季风倾斜的海洋
起伏的水面泛起金属的光亮

你的前世应是一株云杉吧[1]
有着简朴的自然之美
而我是荒滩上那抔沙砾
在加深的暮色中
生长出一片潮湿的记忆

注：

[1]优质吉他的材质选自云杉。

（2023年12月《诗选刊》“中国作家网诗选”）

夜空下的苔藓

为了生存，你选择
避开阳光猛烈的交集

匍匐——用低微的姿态
向下扎根
啜饮大地饱满的汁液
在谷底呼吸着春天

纤细的茎叶让你懂得
生命一旦过于灼热
便格外短暂
斑斓，只属于色彩的迷幻

收起一颗悲悯的心，攀向山岩
让孢子萌发
在荒原的裂口学会生长
在幽蓝的深空练习飞翔
也将给庞大的时间，铺上一层
浅浅的新绿

海上牧歌

海用浪花写了一首诗
它的名字叫作风

时光充盈
洒在石浦的海面上
一个故事，就是一朵云

木的椅，薄的云，白的影
阳光盛开的日子里
岛屿随飞鸟被放逐得很远

原来那些似星辰落远的人
仍如细沙般隐隐有光

原来那些初霞下平凡的暖
仍如海风般徐徐吹拂……

嗨——湛蓝记忆里的
某一个你呀
是否还笑靥如初，别来无恙

（诗歌中国精选作品，网络阅读量超11万）

古城夜色

夜晚躬身而立
月光在河面划出一道浅浅的白痕

春天在河岸边慢慢抽穗，发芽
而我站在霓虹的影子里

阁楼上橘色的灯笼
在烟青色的老街里随风摇曳

两旁的枕河人家多好客
在古城的暖色中盛出白白的米浆

风灯真好看，夜色也浪漫
我却喜欢于人群中重新遇见自己
在云朵一样安静的地方……

（刊载于2023年10月7日《绍兴日报》及多家文学杂志）

画师简介

本人自画像

江湖号称：鱼薇

- 毕业于山东艺术学院—视觉传达
- 目前国企工作兼素描教师.
- 97年宝妈
- 山东滨州人.
- 想成为一名插画师实现财富自由！
- 水瓶座 欢迎关注喔！

云海抒怀

拔雪寻春

苍山负雪

飞萤映雪

行舟听雪

辑四

落日将黄昏拉得很长

夏天的故事，很简单

——清新的草木，爬上安静的墙

河水之上

从芦荡边起身
我沿着河滩独自走了很远
河水之上
落日将黄昏拉得很长

仿佛挽着一条透明的河流
此刻，呼吸变轻
就连沉默
也有了清晰的形状

流水穿过村庄
阳光正在河面种树
我也试着从水中
汲取几滴天空的安宁

暮色带着水波的光亮
缓缓下沉——
直到月光将河水
湿答答的裙裾慢慢剪短

彼时，童年的蛐蛐
开始在我的胸腔里
自由地蛩鸣……

注：

2024年3月，先锋书店（绍兴鉴湖店）开业，作为绍兴地区诗人代表上台诵读该作品。

黄昏，是一个人的独白

若有片开阔的芦荡地
我会盖间小瓦屋
信往北寄，窗户朝南开

天亮了，就在院里
收剪新长的春韭
暮晚，去林间
照看落单的晚霞
一个人就是一座山

流水缓慢
浪花多像灵光乍现的词语
连同掉在水里的星星
都装进背篓
一个人就是一条河

万籁俱寂时
叶蝉开始指挥漫山的虫鸣
落日为我点灯
读诗或者写信都可以
黄昏，是一个人的独白

养一块夏天的冰

冰是刚出生的云朵
住在草木葱茏的小院

暮霭沉沉，草尖滴落
细密的时间
拥有，有时和阳光一样短暂

燠热的天气里
我竟开始担心起下雨

雨水会带走虫鸣
带走冰身上的明亮
顺着山林的方向
攀爬，翻滚，蜕变成云

我明白——
人间并不宽敞，大地依旧黝黑
唯愿给天空
多留一身莹白

小将镇的夏天

穿过一片清凉的竹林
便是小将镇

抵达时，花市刚好开门
货郎担着软糯的甜糕

捣水的女子开始忙活
一兜一兜
从水里舀起生活

稻穗低垂
只等一束微风吹起
就披上金色的嫁衣

车往前开，鸟向后退
青春上游的白月亮
在内心的河底又圆满了一次

枕边荻花

我安静地坐在
病房靠窗的角落
把错过的风景再看一遍
把爱过的人间再爱一遍

往来的人群、车辆
麇集又散开。我也欣然接受
日子在父亲年迈的肉身上
烙下的每一块荒唐的印记

月光照在父亲的枕边
生出了满头荻花
飘落在领口的烟洞上
风一吹，就消逝

窗外，梧桐叶簌簌作响
仿佛在呼唤儿时的乳名
让我格外心疼
多少次转起身，生怕父亲
看见我湿红的眼睛

云朵是天空的孩子

我所中意的
是夏日的宁静与明亮：
天空无尽高远
山藏在山中，水生在水里

云朵是天空的孩子
一朵云逐向另一朵
往山林里跑
躲在星群间打盹儿

孩子们从不忧伤
有时风停
便打开透明的翅膀
落雨了，就用雨水替代羽毛

每当有白云悬停于头顶
我都会抬起脚尖
仿佛，我也是朵沉默的云
飞过绿波起伏的大地

我喜欢你是陌生的

晚风在指尖晃荡
餐厅内橘柚色的灯闪着光
正好，全都落在你身上

美极了，好似胸口边
别着冈仁波齐的一片云彩
又似一座秋山的回忆染了霜
轻轻一吹，吹散了整晚的烟花、星辰

从此，我的梦便开始变得透明
想去看海，看山
看一座尚未命名的岛屿

从此，我的梦也开始变得模糊
你努力想记住的，是别人所遗忘的
黄昏，是我记不清你脸的模样

我在山顶独自收割黄昏

在拨云尖的山顶
我眺望着
一枚孤单的落日

在低垂的虬枝上
晚霞用松针
系上岚烟的面纱

许是忘了在哪里见过
摇晃的忍冬花
衔着蓊郁的黄昏

草丛里扑萤的橘猫
躲进树洞，半眯了眼
枫叶便红了脸

风在刈草，草在缠绕
我看见时光的侧影
在永恒中行走

风吹过小河的黄昏

其一

风吹过松林，吹过屋宇
吹过小河的黄昏
一群山蝴蝶，停在草木寂静

其二

院子像口大水缸，日子潺潺有声
早起的太阳
又照在阿婆佝偻的身上

其三

雨是清凉的琴丝，门窗微掩
像多音的琴孔
敲打着远处的田野

其四

夜晚，门溪江又抬高了几寸
舀起一些星星，装进瓷盘
少年的脸，亦有未竟爱慕之美

其五

枯叶堆叠，松针落满后山的坟茔
河水把村庄抱紧
桥口的老柿树，目送乡人走远，又归来

生于岚，成为兰

从一幅帛画中醒来
皴开绵密的腐殖土
舒展青烟上升的叶线
生长，让我有了
春山的颜色，春水的性情

人们在山林深处寻我
从隐居的草木间
走出光阴，为瓷质的瓶口
加冕一束蓊郁
巡视满苑的花臣

可我更神往一溪流水
一间为秋风破歌的茅屋
一方荷锄可以果腹的田地
坐在南山啜饮月光
夜和风声，都与我无关

简单的诗

天气好的时候，我开始收拾屋子
将一行行用旧的词根
从生活中一把扫除
这样，就不会时常沉郁

我想把墙壁粉刷成明朗的白色
给台灯换上温暖的灯罩
再煎一锅好吃的糍粑、糖油果子
这样，就不会时常想你

我还想沿着秋林捡拾落叶
看孩子们在山间自由撒欢
连同一整片沉醉的夕阳、跳荡的篝火都装进行囊
这样，就不会时常遗憾

我想在窗前放捧初开的忍冬花
倚在盛年写首简单的诗
关于你
关于失重的四季

安静的喜欢

在南窗栽几盆四季的花
看着它在微风里长大
如果我想你，我便看会儿云霞

在院子里豢养几朵白云
用荷叶包一片月光
如果我想你，我便数会儿蒹葭

我不太懂什么是喜欢
但我知道，当我想你时
黑夜不说话，星星眨呀眨

夏天的故事，很简单
——清新的草木，爬上安静的墙

南风知我意

一

今夜，我们在这间小酒馆里
和一袭晚风，坐了很久……
为生活里所有的屈就与宽宥
释怀，歌唱

二

清酒一壶、咸腐两碗、好友三人
夜、萤火虫和新鲜的茉莉
每座城市关于求而不得的呓语
终会像遗忘一样的轻

三

亦如每个平静且坚定的白日长情
将给予黑夜更多的修辞
好让每个抬头仰望星空的人

在地平线上找得到砥砺的勇气

四

今夜，我们在这间小酒馆里
和漾进的风，对视了很久
让喧嚣和缄默狭路相逢
也让我清瘦的脸上，起了一层红潮

自由生长的短句

一

喜欢一座城市，就学着做流水
在旧城墙下看花
喜欢一个人，就学着做沙枣树
在阳光下晾着地狱晒着天堂

二

年纪越大，相信的东西就越少
人总是习于清醒
一只小巷里乱窜的猫
就足以抵过冗长的客套

三

青和黛都是从河水里长出来的
喜欢，就做岸边的一株桃花
但，我正赶往与春风重逢的路上

四

天气好的时候，我想端详搬食的蚂蚁
在花楸树下感受蓬松的春意
把好看的树叶还给松鼠
我还想替沉默的白云转达彼此的爱意
你再不靠近，就要下雨了

五

我从江南来，带着雨水的季候
只为走进你山中，辽阔的暮色

六

我想在沙滩里种些玫瑰或者蔷薇
蔷薇祝福出海的渔船
玫瑰献给陌生的晚星

七

远处的河水缓缓流淌
柔和，清澈……
她就站在那里，沉静得
就像是大地上的秋天

八

孟夏时节，有人去了远方
有人将江南摘下来
浣洗、扎染，用心收藏

九

生活像件旧衣裳
我用汉字
缝补一个个遗憾的缺口

十

我们相爱，却各自打扫
生活的灰烬
尘埃在微光中代替我飞翔

然而，然而

我喜欢屋子亮如白昼
白昼会诞下黑夜的子嗣
彼时，云朵、风灯、月光
还有溺水的星星
都将飘在山村的夜色上

我喜欢独自对着干净的大地
大地会结出热闹的草籽
彼时，黄昏躲进一阵风里
外婆还背着竹篓在坡上采茶
一想起白昼下的大地，如临故乡

我知道，想念本如溪水般绵长
孤零零地流向一场又一场告别
然而，然而……

雨山

夏季漫漶
让雨成为天空的文字
在大地上写满
河流、小溪、海洋……

每一座山峦
都撑着细密的伞
草木寂静
风也有高出乌云的沉默

桔梗花交换秘密的地方
更适合想你
我太瘦了
披不上远山的一身大雨

秋天，要和爱的人在一起

秋天
总让人想起一些干净的词语
比如，唐诗里的月光

杏花绽放的气候
大地也跟着空旷起来

我们畅谈
杯子里有薄荷翻卷的余香

季节通过风声来为生活旁白
交汇时
我让出了背后波光粼粼的星河

草木摇晃，它们提醒我
——秋天，要和爱的人在一起

久爱的人被黄昏收留

黄昏，会收留一个久爱难愈的人
连同眼中热烈过的秋意
都会随暮色一点一点消逝

像一座无人问津的荒岛
天空是另一种静止。唯有树叶
被风扯得生疼，扯得簌簌作响

该散场的是这个晚秋
水面宽阔，落日晃动着水声
黄昏，也会收留一条破碎的倒影

夜的畅想曲

许多放空的建筑停泊在街心的环岛
橱窗渐暗，一家琴行
送走最后一位优雅的客人

夜色中，琴键上的河流醒着
又清又亮的流水一缱一绻
淌在钢琴上，地板上，镁光灯下

那些漂浮的旋律
在水面打转，被光影推得很远
安于孤独，又有一股宁静的力量

清澈的音符里晃动着水声
恍惚间，童年追逐过的浪花
也跟着轻轻颤动了一下

秋天，一枚松果坠落

对峙过秋风，一枚松果坠落
像寂静一样轻
与根苔为伍，填补大地覆霜的裂痕

雨水迟缓，树底的沟壑
也曾是汪洋一片吧
如沉船漂浮，生存需要勇气

果壳是潮水退却后
搁浅的海螺
仍留有清晨与黄昏的回声

风吹过后山，松涛起伏
果核内倾出的海水
似记忆般汹涌

初见桥[1]

总有一场无来由的奔赴
和雨水翻越一座又一座山
终只为见你一面

抵近时，铅灰的桥身
被时间摩挲，侵蚀
大片苦苣、石楠、黑麦草
茂密成绿色的流水

桥底细瘦的凤尾蕨
随风倒伏
代替群山说话
而大地依旧空空

日落前
村庄让出草木的寂静
溪水让出天空的倒影
我也让出了
身体中宁静的部分

注：

[1]初见桥：新昌县沃洲镇赤坑村的一座石桥。

风之子

夏日悠长，夕阳低过草场
赋予暮色以苍茫的弧度

铃兰开放的溪边
草场成了一管专属于风的乐器
发出古老的声响

三匹枣色的马伏首啃草
似乎依然留有
西戎、鲜卑、党项的气血

偶尔扬起长鬃
像散落在旷野的三枚音符
在风中发出呦呦嘶鸣

奔跑，向着落日的人间奔跑
马群消失在雄鹰看管的苍穹
云，开始燃烧

（诗歌中国“优秀作品”，网络阅读量达11万）

在机舱临摹一场日落

犹如夜空栖歇前
铺展的一场梦境

缙色云霞
是时间瞬息的颜色

空气里，河水流动
水中的雨滴

弧光下，星群的空洞
比落日完整

在云层长长的裂缝中
机身正孤独地
穿行于古老沉静的旷野

太满

如果爱，太满
就像月色裸露在黢黑的小院
蓝花楹成片成片地开
想念一遍一遍被月光晒干

如果爱，隐于礁林
云朵飘走，潮水退下
比沙粒还细的阳光
投在少年干净的帽檐

如果爱，会有遗憾
并没有咖啡烘焙时的醇绵
只有沉默的声带，眉间的荒野
代替了醒时的亲吻、拥抱

青山风度

风来，青山度风
雨来，青山度雨
屋宇如鱼，被一缕清风绣在水面

一袭缟素的单衣
絮絮地打听
春来秋往的消息

我把越来越不敢张扬的年轻
放进口袋

古镇春夜听雨

我要如何与春风站在一起，
或明媚，或低微……

——题记

塘栖下雨了
我却有些薄薄的欢喜

在古老的运河边
是会开花的房子……

我在青色的石埠边
向河水掬一些天上的碎星

摇橹、酒家、廊檐、风烟
还有一间临水的阁楼在梳洗、望船

河畔微凉的春风
将我的衣衫轻轻吹起

你还未开口，那个
一起徐行的黄昏
而我，已醉得体无完肤

辑五

同整座山林交换内心的寂静

在灯塔下

一个人种几亩月光

豢养几只落单的晚霞

万籁俱寂时，要学会爱自己

写你，在微风吹起时

写你时，槐花落进深秋的小院

写几笔，从未被爱过的疲倦
写勾折，落日走下长空
我的感性、热烈与静寂
也从笔尖缓缓剥落

彼时，我既不欢喜也不哀伤
大地空阔得像一张金色的稿纸
夕阳在山，每段文字
都开始在黄昏闪耀

像半截未完成的诗句
写你，是写一条暮色下
忽而闪现的河流
写你，在每一阵微风吹起时

假如我是黑暗

假如我是黑暗，带着纯粹的高傲
在灯塔下，一个人种几亩月光
豢养几只落单的晚霞
看重重的夜，嘤嘤地流过浅浅的岩岬

假如我是黑暗，拥着巨大的宁静
万籁俱寂时，要学会爱自己
风吹过自由的牧场，吹走茸草的慌张
比起草木人间，我更愿意眺望星空的永恒

假如我是黑暗，我将在清晨的琴声中
平静地离开。散落在长桥上的夜空
会在钴蓝色的时光里发芽
等下雨的黄昏，把好梦寄给没有伞的孩子

我的忧伤因为你的照耀

那些不发光的岛屿
凡亮起来的
人们都把它叫作星

隔着长长的一生
我用单薄的影子
和你站在一起
或者拥有或者忘记

每一轮晨霭夕照
在浮沉与搁浅中，远了又远
谁让云翳深深的眼睛
凋睡又萌醒

距离越是沉重
信念便越发巍峨
高贵的单纯和静穆的伟大
既在姿态上，又在表情里……

我内心中有两片星空

我内心住着一只清醒的小兽
它游匿在广袤的无意识的森林

月光尽处的雪山顶上
盛开着两片奇异多维的星空
散发或温热或幽微的光芒

小兽蛰伏的时候，禁锢
在善与恶的两片荒芜中生长

它捕猎时，贪婪
不断吞噬着惊惧的麋鹿
凝视着暮色铺开的苍穹

我内心住着一只缄默的小兽
它困在乌尤尼盐沼的镜中世界
一半陷在现实的泥泞
一半立在虚空的幻境

生命也给了每个人一片森林
哺育不安的孤兽，跋涉、成长

白雪爱我

——兼赠L先生

记忆中来来往往的人
都像是一片片雪花
落在青石肩上，垒起一层厚厚的雪
想念即看见

——题记

我是一个南方人，从未见过真的雪
白云覆在干净的屋檐
将燧石的星星关在门外
也未能落下一捧雪

记忆又轻又白，你走在雪线的尽头
系着莫兰迪色的围巾
每一朵雪花都记得你的名字
日子安静，终究未能等到一场雪

也许阳光明媚，初雪漫过脚踝
时光踩在积雪上咯吱作响
风也在苇草间沉默
思念抽芽，吹起一整个冬季的馥郁
——白雪爱我

流浪的猫

一、变猫

城市的边缘霓虹闪烁，仿佛是
落日烫出的一个个烟洞
莹白的，仅是今晚的月光

行人踩着车鸣的鼓点
小心翼翼地藏好漫漶的情绪
穿梭在夜色里，成为暧昧的镜像

路灯熹微，唯有黑夜收留我
以及手中这杯百无聊赖的饮品
徘徊在季节更替的路口

真诚的人注定声泪俱下
如晚风中低垂的枫叶
在树下我孤身一人，橘猫般四处流浪

二、舔舐

风静下去了，我匍匐在
硬而冰冷的墙角，徒劳地
搬运一团团潮湿的线圈

我必须在拂晓前隐藏好自己
拭去攀爬的痕迹
成为夜色的一部分

一直抗拒舔舐腥味的月色
可腐烂的气息
总让我疯狂着迷

我用趾底打捞积水中的月亮
可月亮终究是月亮
她并不在虚幻的倒影中

我想把每片乌云都涂成彩虹

眼睛为她下着雨，心却为她打着伞

——泰戈尔

我的茅草屋前
挂满雨水打湿的想念
和被风吹落的鸟鸣

我时常坐在门口
看云，看书，等夕阳挂上林梢
老树便遇见了黄昏

天空中浮满的文字
随时间降落的词根
顷刻之间，散落在夏夜的青坡上

我想把每一片乌云
都涂成彩虹
像你眼中晴空的颜色

直到，我也沛然雨下

风铃草与石子的故事

春天是一只蝴蝶，栖落在我的额头

蝴蝶每翕动一下翅膀
蓟草便结出新鲜的刺，泥土也跟着生长

小小的我，远远地
看着你在山坡上继续发芽

不说话的时候，我期盼一场大雨
打破树荫的沉闷

越过安静的黄昏
成群的阳光依旧浓郁

苹果花在燃烧，映红了我的脸颊
短暂与永恒之间，我做着风铃草的梦

月光列车

进站前，我把孤单裹进衣领
月光照拂挤挨的人群
星辰在站台间缓缓走动

我和我的影子坐在长椅上
宛如夜色中静止的符号
被潮湿的广播音机械地注解着

夜风叩响坚硬的车窗
列车经过颍河，村庄炷起白烟
远山将一丛丛苦楝树、红豆杉托举

总有一个名字，安静地
杂糅在我的梦境，月光般
抚慰我笨拙的坚持和倾听世界的决心

春天，我想做件简单的小事

天气好的时候
我想端详搬食的蚂蚁

在花楸树下感受蓬松的春意
把好看的树叶还给松鼠

我还想替沉默的白云
转达彼此的爱意

你再不靠近，她就要下雨了

暗物质

无数颗粒子，穿透你，许多个你
它们是时间的影子
也是星辰即逝的瞬息

空间开始下坠，落向偶然的我
落在引力透镜中
穿过无数个弯曲的我

光线碰在一起，聚合又碎散
悬浮在银河的边陲
最终被吞噬于永恒的深渊

触碰不到的执念，撞向时空的荒原
我所爱的苍穹
是神明俯视人间的视角

月亮记

一

暗淡的夜空诞下一枚月亮
在黑色的旷野里
小的安静的你，爱看星河低悬
也喜欢地球盛大的蓝

二

季风远道而来，沿着海岸线
种满浪花。小的莹白的你
修饰守岛人的黄昏
也拥抱解缆起航的破晓

三

群山和广袤的草原一起生长
小的短暂的你呀
照拂每一只落单的麋鹿

找寻密林深处细小的草痕

四

当我怔怔地望见你时
沉重的影子，慢慢开始轻盈
每一束交叠的微光
都是和你最为辽阔的相逢

南方的雨天

我想在南方的山城有一所房子
可以把自己和诗歌安放进去

雨水会倏然而下
栾树、松菌、隆起的山林
都有了新鲜的乳渍

矮草丛中安生的桔梗、金银花
静静地开在一个细雨的清晨

泥淖与天空对峙着，绵绵不断的雨滴
也无力抵抗春的散场

当我偶然坐进南方的一场雨
在光阴的兵荒马乱中，豁然重明

雨后疾涌的河水灌入胸口
直到从我的稿纸上流出新的海洋

我骤然记起你的深秋

白鹭与橘花的故乡
童年，青溪，渔灯
被时光隔得很遥远
我附身，拾起一片木叶青黄

正如大多数风
出生在有树的地方
云边的小卖部
正出售着秋光

秋风吹散晚凉
星子漫步在山冈
我见过营口最初的模样
那时，云朵刚刚开始发胖

城市蜗牛

从喧嚣通往杂芜
人们陆续拥向
潮湿的地铁站
天黑了，路灯把影子领回家

像疲惫的蜗牛
缩进脆弱的壳
潜在雨水中，暗自泅渡
仅留下一行
黏糊糊的短暂的白痕

大雨倾泻
打翻挂在草尖上的雷声
沉默在此刻
也显得愈加振聋发聩

一场暴雨过后
遥望远处茫然的灯火
尝试从低洼爬向空阔
殊不知，每只蜗牛
都将化为大地皲裂的掌纹

雪是薄的时间

一场雪，在心底下了好多年

莹洁的花穗
开在黢黑的长椅、车流、深巷
也开在哑默的空地、密林、荒原

当北风吹开回忆的缺口
雪籽繁茂生长
宽慰世间所有冰凉

转瞬凝结出冷峻与锋利
雕琢落日薄薄的光影
成为消逝的一部分
也成为永恒的一部分

海岛，鲸鱼

平潭岛的清晨和黄昏
格外宁静。在这里
小镇是一座贝壳的剧场
起风时，原本悬置的空木窗
都会跟着吹响螺笛

夜幕之下，渔火高于星辰
如此辽阔的夜晚
唯有一座像鲸鱼的小岛
在海面匀静地呼吸

岛上的秋叶不会凋零
月光下的鲸鱼也不会长大
它从幽暗深处翻动脊背
一口一口吞下人间的荒芜

风吹平潭

当远岸的船笛响起
乌云搬运着黑暗
海风反复吹拂沙岸上
每一粒滚烫的微尘
亦如我反复追忆起
那个清透的夏夜——
无数海蝴蝶正拥向彼此
又在脚下茂密的时间中
模糊，消逝

行走的云

一朵云，蓄满隐秘的雨水
替代地上
低头行走的人

心思太重，雨滴坠入河水
云便行走在水上
成为天空的倒影

散落山谷，化身杳然的雾气
一双蓬松的脚掌
沾染上草叶、虫鸣、迷路的星星

云走着，直到遇见另一朵云
带着大海的腥味与辽阔
在深蓝的天空中
交换彼此的秘密

我被困于一首诗的时间

雨夜无眠，我被困于
一首诗的时间
我想写下月色缓慢的长街
写下漏洞百出的生活
还想渲染一个匆忙的春天

可这笨拙的笔触
似一团黑点游移于白纸
莽撞、敏感、偏执
陷于修辞的密林
慌乱地冲破藤蔓的锋刃
找寻那束平和的光亮

可我知道——
文字葱茏，不会停止拔节
亦如黑夜不会停止生长
尘埃依旧在微光中飘浮

此刻，我只想写下
关于时间，关于不完美
永恒的真实

雨的村庄

雨，还是旧时的好
落雨了，乡邻们
便不再辛勤地劳作

逝去已久的亲人
会一直朝着
山林深处走去，慢慢地
成为雨的针脚

地上半截枯枝
也覆着一层浅白的水珠
成为雨的一部分

而更多的雨
落在外婆身上
佝偻成一条弯曲的溪流
使她像极了
童年那场小雨

被风搬动的山林

天空低垂
风在山林间四处悬荡

大片野花初开
垂落的花籽，顺着山风
追逐一只明亮的蝴蝶

风缓缓吹，掀起群山的衣角
在岩层深处
生出许多细小的叶芽

风划过头顶
天空铺开巨大的蓝
我想同整座山林
交换内心的寂静

无名的海

在小镇
天空总是如此干净
无名的海岸
泊着远航的船

细小的沙砾
爬上脚面
像是重逢，又像是道别
聆听潮水，讲述南方的故事

一条环海路
挽着石墙堆砌的旧村落
仿佛伸展的手臂
在夕光中拥抱彼此

海水涌动，钟情于
乌云燃尽落日的黄昏
呷在嘴里的海风
比回忆更咸

春天的小兽

有风的日子，做一只林间小兽

跑过杳渺的空地
跑过季节更替的林场

伏在一棵树下
啃食花瓣、草籽、根茎

谁也不知道，它在巢窠里
藏了那么多旷野的星星

串起春天毛茸茸的尾巴
闪烁，闪烁……

蝴蝶

雨后的山乡，如一只蝴蝶
栖停于谷底

双颚翕动，吸食松针上
垂下的苦汁
像月光吸附湿漉漉的人间

翅膀是青山的一角
直到满山葱翠
从胸腔一垄一垄吐出

夜风吹彻山谷
无人认领的蝶蛹
独自完成季节的翩与跹

旧村庄拖着长长的影子
钉在时光深处
唯有蝴蝶，仍在啜饮黄昏

（中国诗歌网“每日精选”）

孤单熬成的湖

像独自面对落日的寂然
暮光倾斜
一枚落叶横在中年的湖心

起风了，大片芦苇低伏
收紧战栗
模仿湖水练习更多平静

水中哑默的鱼群
藏身在幽深的缝隙，一根渔线
连接水面外巨大的空白

孤独和水草一起生长
群山站在湖水辽阔的沉静里
爱上黑夜与闪电

如鸟穿林

我渴望——
如飞鸟穿林
衔着一朵楮树花
成为秋风的一部分

仿佛，自己就是
天空的诗句、雪山的诗句
以及大地上
一颗明亮的逗点

晚安，成都

像一部电影进入沉闷的尾声
灯光缓缓亮起，观众有序退场
生活往往没有
终成眷属的彩蛋
也没有离别时温情的回应

天已擦黑，锦江上光影交叠
一种漫漶不确定的忧伤
涉水而来。轮渡在低处
驮着一船凫水的星星
高高的理想借微风扶着

我比昨日更眷恋这座城市
雪山是这里的诗，烟火也是
建筑是这里的诗，甜柔的方言也是
每一杯浓稠的夜色
都是摇晃在胸中有温度的江河

玉龙追雪

格桑含雪